Ludwig Erk

Chronologisches Verzeichnis der musikalischen Werke und literarischen Arbeiten von Ludwig Erk, 1825-1867: Für Freundeshand

Antigonos

Ludwig Erk

Chronologisches Verzeichnis der musikalischen Werke und literarischen Arbeiten von Ludwig Erk, 1825-1867: Für Freundeshand

Unveränderter Nachdruck der Originalausgabe von 1867.

1. Auflage 2024 | ISBN: 978-3-38613-163-6

Antigonos Verlag ist ein Imprint der Outlook Verlagsgesellschaft mbH.

Verlag: Outlook Verlag GmbH, Zeilweg 44, 60439 Frankfurt, Deutschland
Vertretungsberechtigt: E. Roepke, Zeilweg 44, 60439 Frankfurt, Deutschland
Druck: Libri Plureos GmbH, Friedensallee 273, 22763 Hamburg, Deutschland

Mit herzlichem Dank

für freundlichen Gruss und Glückwunsch

am 6. Januar 1867

überreicht

von

Berlin 16. Januar 1867.

Ludwig Erk.

1. **Das Concert am Hof,** kom. Oper von D. F. E. Auber. Für Pianoforte arrangirt (v. L. E.) Frankfurt a. M. (1825). Bei A. Fischer. Fol.

2. **Deux Valses** pour deux Violons et Basso par Mr. F. Paer. Arrangées pour le Pianoforté par L. E. Francfort s. le M., chez A. Fischer. 4. (1825 oder 24 von meinem Jugendfreund Ernst Kling lithogr.)

3. Sammlung ein-, zwei-, drei- und vierstimmiger **Schullieder** von verschiedenen Componisten. In drei Heften herausgegeben von L. Erk. Essen, bei G. D. Bädeker. 8.

       H. I. 1828. 2. Aufl. 183.. 3. Aufl. 1836.

       H. II. 1829. 2. Aufl. 1833. 3. Aufl. 1837.

       H. III. 1829. 2. Aufl. 1835.

Dazu ein Supplementheft:

Neue Sammlung ein-, zwei-, drei- und vierstimmiger **Schullieder** von verschiedenen Componisten. Herausgegeben von L. Erk. Essen, 1834. Bei G. D. Bädeker. 8.

Alle 4 Hefte vergriffen. An deren Stelle trat später der „Liederkranz." (1839 u. s. w.)

4. Sammlung drei- und vierstimmiger **Gesänge für Schule und Haus,** componirt ... von L. Erk. (In zwei Heften.) Bonn, bei N. Simrock. (1830.) 4. (24 Lieder für gemischten Chor.)

5. Sammlung drei- und vierstimmiger **Gesänge ernsten Inhalts,** von verschiedenen Componisten. Herausgegeben von L. Erk. (In zwei Heften.) Essen, bei G. D. Bädeker. 1831 und 1832. 4. In Part. u. Stimmen. — Im I. H. liedartige, im II. H. durchcomponirte Gesänge (Chöre, Motetten etc.) für gemischten Chor. — Vom II. H. ist nur die erste Abtheilung im Druck erschienen. — Beide Hefte vergriffen und später ersetzt worden durch den „Sängerhain" II u. III und die „Siona."

Die Einzelstimmen unter folgendem Titel:

Sopran- (Alt-, Tenor-, Bass-) Stimme zu Erk's drei- und vierstimmigen Gesängen ernsten Inhalts. (In zwei Heften.) Essen, bei Bädeker. Quer-8.

6. Acht leichte **Orgelstücke,** componirt und seinem Freunde Ch. H. Rinck gewidmet von Adam Wilhelm Erk. 2. Aufl. (Herausgegeben von L. Erk.) Mülheim am Rhein (1832.) Bei J. W. Schmachtenberg. 4.

Componist ist mein seliger Vater, geb. zu Herpf im Meiningenschen 10. März 1779, † 31. Jan. 1820 als Lehrer, Organist und Stadtschreiber in Dreieichenhain bei Darmstadt. (Vgl. S. 18.)

Original-Titel:

Huit Préludes faciles pour l'Orgue, composés et dédiés à son ami C. H. Rinck à Darmstadt par Adam Guillaume Erk. Propriété de l'auteur. Se trouve à Worms chez G. Kreitner. (1812.) fol.

7. † Mehrstimmige **Gesänge für Männerstimmen** von verschiedenen Componisten. Für Seminarien, Gymnasien und kleinere Singvereine. Herausgegeben von L. Erk. (In zwei Heften.) Essen, bei G. D. Bädeker. 4.

H. I. 1. Aufl. 1833. 2. Aufl. 1836. 3. Aufl. 1843. 4. Aufl. 1847. 5. Aufl. (Stereotypie) 1854. 6. Aufl. 1864. (65 Gesänge.)

H. II. 1. Aufl. 1835. 2. Aufl. 1845. (47 Gesänge.)

Vom ersten Heft sind auch die mit der 4. (bis 6.) Aufl. übereinstimmenden 4 Einzelstimmen in Stereotypie erschienen. Essen, 1847. Bei Bädeker.

8. † **Methodischer Leitfaden für den Gesangunterricht in Volksschulen.** Bearbeitetet von L. Erk. I. Theil. Crefeld, 1834. Bei J. H. Funcke. 8. — Vergriffen.

Vom II. Theil (1835) wurden nur die SS. 155—234 gedruckt und ist die Fortsetzung durch das Eingehen der gen. Buchhandlung unterblieben. Die längst versprochene neue Auflage steht für das Jahr 1867 in Aussicht.

9. **Choralbuch für Schule und Haus.** Eine Auswahl von 77 der vorzüglichsten und gangbarsten Choralmelodien der evangelichen Kirche, mit vollständigen Texten, nebst einem Anhange vierstimmiger liturgischer Chöre. Herausgegeben von L. Erk. Berlin, 1836. Bei Bechthold u. Hartje. 8. — Vergriffen und später ersetzt worden durch No. 50 u. 84.

10. Beiträge zu A. Zeisiger's „Tafelliedern." Berlin, 1836. Bei Plahn (L. Nitze.) Quer 4. — Das Lied No. 13 nicht von L. E., sondern von Joh. André.

11. † **Die deutschen Volkslieder mit ihren Singweisen,** gesammelt und herausgegeben von L. Erk und Wilhelm Irmer. 6 Hefte.

(Als Band I.) Berlin, 1838—1841. 12. (H. I—V im Selbstverlag
und bei Plahn (L. Nitze) in Berlin. Mit H. VI (1841) ging der
Verlag über an die J. H. Funcke'sche Buchhandlung in Crefeld.
Hrn. Irmers Betheiligung an der Herausgabe hörte eigentlich schon
mit dem 5. Hefte auf. Die Fortsetzung (oder B. II und III) erschien
unter folgendem Titel: **Neue Sammlung** d e u t s c h e r V o l k s l i e -
d e r m i t i h r e n e i g e n t h ü m l i c h e n S i n g w e i s e n. Heraus-
gegeben von L. Erk. 6 Hefte. (Als B. II.) Berlin, 1841—1844. — 12.
(H. I — III), vom J. 1841 und 42, bei Bechthold und Hartje;
H. IV—VI, vom J. 1844, im Selbstverlag und bei W. Logier). Die
Hefte I—III vom zweiten Bande wurden im J. 1843 an Bote u.
Bock in Berlin verkauft. — Vom III. B a n d e erschien nur Heft I.
unter folgendem Titel: **Neue Sammlung** d e u t s c h e r V o l k s -
l i e d e r m i t i h r e n e i g e n t h ü m l i c h e n M e l o d i e n. Heraus-
gegeben von L. Erk. Des dritten Bandes erstes Heft. Berlin, 1845.
Im Selbstverlag und bei W. Logier. — Die Hefte 4, 5 u. 6 des II. B.
und Heft 1 des III. B. sind nach wie vor noch zu beziehen durch
D ö r f f l i n g u n d F r a n k e i n L e i p z i g. Wegen der Hefte 1 — 3
des II. B., wolle man sich an Bote u. Bock in Berlin wenden. Ueber
das Schicksal des I. Bandes, der durch das Eingehen der Handlung
J. H. Funcke in Crefeld in alle Welt ausgestreut worden, weiss ich
leider Näheres nicht anzugeben. Der mehrmalige Uebergang aus
einem Verlag in den andern war zugleich der Unstern, welcher
von Anfang bis zu Ende über meinem Unternehmen gewaltet hat.
Durch die unruhigen Zeiten der Jahre 1847—49 ward dem Ganzen
nur zu bald ein Ende gemacht. Erst im J. 1853 fand sich Gelegen-
heit, mein gestörtes Werk in meinem L i e d e r h o r t (No. 69.)
wieder aufzunehmen.

In K. Simrock's „D e u t s c h e m K i n d e r b u c h e" und „D e u t -
s c h e n V o l k s l i e d e r n." (Frankfurt a. M. 1848 und 51) und in
F. L. Mittler's „D e u t s c h e n V o l k s l i e d e r n." (Marburg 1855)
sind meine 13 Hefte von Volksliedern vielfältig benutzt worden,
mit und ohne Angabe der Quelle.

12. † **Liederkranz.** Auswahl heiterer und ernster Gesänge für
Schule, Haus und Leben. Herausgegeben von L. Erk und W. Greef.
(In drei Heften.) Essen, bei G. D. Bädeker. 12.

H. I. 1839. — 4. Aufl. (1. Stereotypie) 1843 (1842.) —
15. Auflage (Erneute Stereotypie.) 1854. — 31. Auflage 1866.
(155 zweistimmige Lieder.)

H. II. 1841. — 3. Aufl. (Stereotypie) 1849. — 10. Aufl.

(Ernente Stereotypie.) 1866. — 11. Aufl. 1866 (67). — (92 drei-
stimmige Lieder für 2 Sop. und 1 Alt.)

H. III. 1840. — 2. Aufl. 1844. — 3. Aufl. (Stereotypie.)
1863. — (72 Lieder für gemischten Chor.)

Der Liederkranz gilt als Fortsetzung und zeitgemässe Ueber-
arbeitung der „Schnllieder" (unter No. 3). Hauptsächlich für
Knabenschulen bestimmt. Anfänglich in Anflagen von 5000,
dann in 6000 Exempl. gedrnckt.

Keins meiner Singebücher für Volksschulen ist seit 1839
von Herausgebern von Liederbüchern mehr ansgebeutet worden, als
eben der Liederkranz. Ich habe mich deshalb genöthigt gesehen,
den neueren und nensten Auflagen meiner Liederwerke, um eben
mein geistiges Eigenthnm an den einzelnen Liedern (will sagen :
die Feststellung, Ueberarbeitung der Melodien nnd Texte, die Har-
monisirnng der Melodien etc.) wenigstens einigermassen vor nnrecht-
mässigen Eingriffen zn sichern, meinen Namen (L. E.) beizufügen.
Nnr das „Suum cniqne" ist's, worum es sich hierbei handelt. Im
Uebrigen halten wir's mit Uhland: Singe, wem Gesang gegeben, in
dem deutschen Dichterwald! Das ist Freude, das ist Leben, wenn's
von allen Zweigen schallt.

13. **Deutsches Bundeslied.** (Was klingt durch Dentschlands
Gau'n und Kreise etc.) von J. M. Firmenich, für vier Männerstim-
men componirt von F. E. (d. h. Mel. von Firmenich und vierstim-
miger Satz von L. Erk.) Berlin (1841.) Bei Bechthold n. Hartje.
4. Part. u. Stimmen.

Auch unter folgendem Titel: Dentsches Bundeslied von
J. M. Firmenich, für eine Singstimme mit Begleitung des Piano-
forte componirt von F. E. Berlin (1841.) Bei Bechtold n. Hartje. fol.

14. In Aug. Jacob's „Festtagssänger." Hainau, 1841 n.
42. Bei A. E. Fischer. — Einzelne Compositionen.

15. † **Euterpe.** Ein musikalisches Monatsblatt für Dentschlands
Volksschullehrer, herausgegeben in Gemeinschaft mit F. G. Bogen-
hardt, L. Erk und A. Jacob, von Ernst Hentschel. Erfnrt, bei W.
Körner. 8. (Bogenhart † 31. Juli 1842.) 1841—1849 (Jahr-
gang I—IX.) 1850—1855 (Jahrg. X—XV.) Leipzig, bei C. Merse-
burger. (1856 Stillstand.) Im Jahre 1857 wieder anfgenommen
unter folgendem Titel:

Euterpe. Eine Mnsik-Zeitschrift für Deutschlands Volksschul-
lehrer. Herausgegeben in Verbindnng mit L. Erk, A..Jacob (seit
1860 auch mit G. Flügel) von Ernst Hentschel. Leipzig, bei

C. Merseburger. 8. 1857—66. (Jahrgaug XVI—XXV.) — Wird fortgesetzt.

16. Beiträge zu Dr. G. Schilling's „Jahrbücher" des deutschen National-Vereins für Musik und ihre Wissenschaft. 3. und 4. Jahrgang. Karlsruhe 1841 und 42.

17. Beiträge zu Dr. G. Schilling's Universal-Lexikon der Tonkunst. Stuttgart, 1835—38. — u. Supplement-Band, 1842.

18.† Singvögelein. Sammlung ein-, zwei-, drei- und vierstimmiger Lieder für Schule, Haus und Leben. Herausgegeben von L. Erk u. W. Greef. (6 Hefte.) Essen, bei G. D. Bädeker. 12.

    H. I. 1842 (1. Stereotypie.) 185 (2. Stereotypie.) 39. Auflage 1866.

    H. II. 1844 (1. Stereotyp-Aufl.) 26. Auflage 1865.

    H. III. 1845 (1. Stereotyp-Aufl.) 17. Auflage 1865.

    H. IV. 1848 (1. Stereotyp-Aufl.) 12. Auflage 1865.

    H. V. 1855 (1. Stereotyp-Aufl.) 6. Auflage 1865.

    H. VI. 1867 (Stereotyp-Aufl.).

Vorzugsweise für Elementarschulen bestimmt. Jede Auflage in 6000 Exemplaren gedruckt.

19. Viele Beiträge zu J. M. Firmenich's „Germaniens Völkerstimmen." 3 Bäude. Berlin, 1842—62.

20. In J. J. Sprüngli's „Männergesängen." Zürich 1843. (S. 11 das Lied: Freundschaft, du erhellst des Lebens Pfade etc.) Componirt von L. E.

21. † Kindergärtchen. Auswahl von ein- und zweistimmigen Gesängen nebst Gebeten für das zartere Jugendalter. Herausgcgeben von L. Erk und W. Greef. Essen, 1843. Bei G. D. Bädeker. 12. Vergriffen. Als 2. Aufl. gilt H. I der „Auswahl" (No. 49.) u. des „Liedergartens" (No. 26.).

22. Viele Beiträge zu G. W. Fink's „Musikalischem Hausschatz der Deutschen." Leipzig, 1843. Bei G. Mayer. 4.

23. In Aug. L. Lua's „Sängergruss." (Berlin 1844. Bei Trautwein u. Comp. 8.) die Volksweisen bearbeitet.

24.† Volkslieder, alte und neue, für Männerstimmen gesetzt und herausgegeben von L. Erk. (In zwei Heften.) Essen, bei G. D. Bädeker. Quer-4.

    H. I. 1845. (1844.) 68 Lieder.

    H. II. 1847. (1846.) 78 Lieder.

Vom ersten Heft sind unter demselben Titel auch die 4 Einzelstimmen erschienen. Essen, 1847. Bei Bädeker. (Mit 70 Liedern.)

25.† **Vierstimmige Choralsätze** der vornehmsten Meister des 16. und 17. Jahrhunderts. Ausgewählt und herausgegeben von L. Erk und Friedrich Filitz. I. Theil. Essen, 1845. Bei G. D. Bädeker. 4. (150 Choralsätze.) Theil II noch rückständig. Die S i o n a (No. 65) kann gewissermassen als Fortsetzung gelten.

26.†. **Deutscher Liedergarten.** Sammlung von ein-, zwei- u. dreistimmigen Liedern für M ä d c h e n s c h u l e n. In drei Heften herausgegeben von L. Erk u. Aug. Jacob. Essen, bei G. D. Bädeker. 12.

    H. I. 1846 (1845). 2. Stereotyp-Aufl. 1851. 3. Aufl. 1857. 4. Aufl. 1862. (70 Lieder.)

    H. II. 1846 (1845). 2. Stereotyp-Aufl. 1851. 3. Aufl. 1856. 4. Aufl. 1860. 5. Aufl. 1863. (103 Lieder.)

    H. III. 1847. 2. Stereotyp-Aufl. 1852. 4. Aufl. (Erneute Stereotypie) 1864. (87 Lieder.)

27. Beiträge zu G. W. Körner's Sammelwerk: „D e r O r g e l - V i r t u o s. Erfurt, bei G. W. Körner. (1846.) Orgelstücke von G. A. Homilius, J. L. Krebs u. A. z. B. No. 142.

28. Viele Beiträge zu W. Greef's „M ä n n e r l i e d e r n. " 10 Hefte. 1846—61. — und dessen „G e i s t l i c h e n M ä n n e r c h ö r e n." 2 Hefte. 1851 u. 56. Essen, bei G. D. Bädeker.

29. D i e Z a u b e r f l ö t e von W. A. Mozart. Vollständiger Clavierauszug mit ital. u. deutschem Text. (Von L. Erk.) Berlin, (1846) bei Hirsch u. Comp. (Leo.) Quer-4.

30. M i s s a p r o d e f u n c t i s. **Requiem** von W. A. M o z a r t. Clavierauszug (mit lat. u. deutschem Text) von L. Erk. Berlin, bei Hirsch u. Comp. (Leo.) 1847. Quer-4.

31. **Choralmelodienbuch** für Schulen und Kirchen evangelischen Bekenntnisses. Mit untergelegten Textversen u. berichtigten Lesarten herausgegeben von L. Erk. 86 Melodien. Berlin, 1847. Bei Wilh. Logier. 12. Vergriffen. Später ersetzt durch No. 84 u. 50.

32. †. **Die bekanntesten und vorzüglichsten Choräle** der evangel. Kirche, dreistimmig gesetzt für 2 Soprane u. 1 Alt, nebst untergelegten Texten. Zunächst für Schulen bestimmt. Herausgegeben v. L. Erk. (In drei Heften.) Essen, bei G. D. Bädeker. 12.

    H. I. 1847. 2. Stereotyp-Aufl. 1850. 3. Aufl. 1853. 4. Aufl. 1857. 5. Aufl. 1863.

    H. II. 1847. 2. Stereotyp-Aufl. 1852. 3. Aufl. 1861.

    H. III. 1866. (Stereotyp-Aufl.)

33. †. **Hundert Schullieder** von H o f f m a n n v o n F a l l e r s l e b e n. Mit bekannten Volksweisen versehen und in drei Heften herausgegeben von L. Erk. Leipzig. (1848.) Bei W. Engelmann. 8.

33a. Lieder für das junge Deutschland. Von Hoffmann von Fallersleben. 1848. Leipzig, bei W. Engelmann. (Die Melodien von L. E. besorgt.)

34. **Kinderlieder** von H. Kletke. Bekannten Volksmelodien untergelegt von L. Erk. Mit Clavierbegleitung von Flodoard Geyer. Berlin 1848. Bei R. Gaertner (Amelangsche Buchhandl.). Auch in 2. Ausgabe erschienen.

35. **Deutsches Volksgesangbuch** von Hoffmann von Fallersleben. Mit 179 eingedruckten Singweisen, und Nachrichten über die Dichter und Tonsetzer. Leipzig, bei W. Engelmann. 1848. 16. (Vgl. No. 64.) Die Melodien dazu besorgt von L. Erk.

36.†. **Musikalischer Jugendfreund.** Sammlung von Gesängen mit Clavierbegleitung für die deutsche Jugend aller Stände. Herausgegeben von L. Erk und A. Jacob. Erstes Heft. (79 Lieder für das zartere Jugendalter.) Essen, 1848. Bei G. D. Bädeker. 4. (H. II u. III noch rückständig.)

37. Beiträge zu Karl Geissler's: Gesammt-Ausgabe der Tonstücke für die Orgel von Joh. Ludw. Krebs. Magdeburg (1848). Bei Heinrichshofen. fol.

38.†. **Sängerhain.** Sammlung heiterer und ernster Gesänge für Gymnasien, Real- und Bürgerschulen. Herausgegeben v. Gebrüdern Friedrich u. Ludwig Erk u. W. Greef. (In drei Heften.) Essen, bei G. D. Bädeker. Quer 8.

H. I. (98 Gesänge) 1849 (1850). 1. Stereotypie. — 5. Aufl. 1855. 14. Aufl. 1866 mit erneuter Stereotypie.

H. II. (66 Gesänge) 1850 (1. Stereotyp-Aufl.). — 4. Aufl. 1854. — 7. Aufl. 1859. — 10. Aufl. 1864 mit erneuter Stereotypie. 12. Aufl. 1866.

H. III. (32 Gesänge) 1851 (1. Stereotyp-Aufl). — 2. Aufl. 1854. — 3. Aufl. 1859. — 4. Aufl. 1864.

39.†. Joh. Seb. Bach's mehrstimmige **Choralgesänge und geistliche Arien.** Zum erstenmal unverändert nach authentischen Quellen mit ihren ursprünglichen Texten und mit den nöthigen kunsthistorischen Nachweisungen herausgegeben von L. Erk. Erster Theil. 1850. (Mit 150 Nummern.) Zweiter Theil. 1865. (169 Nummern.) Leipzig, bei C. F. Peters. Quer-4.

Alle früheren Ausgaben sind fast durchgehends gefälscht u. eigenmächtig geändert, worüber in den Vorreden zu obigen beiden Theilen näheres zu lesen. (Vgl. F. J. Fétis, Biographie universelle des Musiciens. Deuxième édition. T. I. Paris 1860. p. 196.)

Die Einzelstimmen des I. Th. unter folg. Titel:
Auswahl von Joh. Seb. Bach's Choralgesängen u. geistlichen Arien in Stimmen, herausgegeben von L. Erk. Leipzig. (1852 u. 53.) Bei C. F. Peters. 4. — 5 Lieferungen mit 88 Nummern.

Zweite Ausgabe unter folg. (nicht von mir herrührenden) Titel:
78 Choräle von Joh. Seb. Bach, in Stimmen herausgegeben von L. Erk. Schulausgabe. Leipzig u. Berlin. (1866.) Bei C. F. Peters. 4.

40. Beitrag zum „Deutschen Liederfreund" von H. Kletke und C. E. Pax. H. I. Berlin, 1850. Bei G. Reimer. 8.

41.†. Volksklänge. Lieder für den mehrstimmigen Männerchor. Herausgegeben von L. Erk. In 6 Heften. Berlin. Im Selbstverlag u. bei Dörffling u. Franke in Leipzig. Quer-8. (Meist deutsche Volkslieder enthaltend.)

H. I. 1851. (1. Aufl. bei K. W. Krüger in Berlin.) — 2., vermehrte u. verbesserte Aufl. 1854.

H. II. 1852. — 2., verbesserte Aufl. 1859. (1858.)

H. III. 1852. (1. Aufl. bei K. W. Krüger.) — 2., vermehrte u. verbesserte Aufl. 1859. (1858.)

H. IV. 1854. — H. V. 1856. (1855.) — H. VI. 1856.

H. VII. (oder: zweiten Bandes I. Heft.) Berlin, 1860.

42.†. Volksklänge. Lieder für mehrstimmigen Männerchor. In Einzelstimmen u. Partitur herausgegeben von L. Erk. Dritte, vermehrte u. verbesserte Aufl. Leipzig, bei Jul. Klinkhardt. Gr-8.

H. I. 1865. (Eigentlich 1864 und zuerst bei A. Enslin in Berlin, dann bei J. Klinkhardt.) 43 Gesänge. —

H. II. 1866. 43 Gesänge. H. III. 1867. 39 Gesänge.

Ein 4. Heft wird bald nachfolgen.

43. Der alte Fritz im Volksliede. Zur Feier des 31. Mai (1851). Von L. Erk. Berlin, bei W. Logier. 1851. 12.

Zweite, verbesserte u. vermehrte Aufl. Berlin, 1851. — Jetzt im Selbstverlage u. bei Dörffling u. Franke in Leipzig.

44. Die Jahreszeiten, in Musik gesetzt von Jos. Haydn. Vollständiger Clavierauszug mit Text. Berlin, Leo's Verlagshandlung. (1851.) Quer-4. (Nur der Winter und ein Theil des Herbstes von L. E. arrangirt.)

45. Der deutsche Sängerfreund. Gesänge für den mehrstimmigen Männerchor. Heft I. (Mit Compositionen von Rungenhagen, Neithardt, Gährich, Salomon, Geyer, Dorn, Grell, Erk u. Nicolai.)

Berlin, bei Schlesinger. (1851.) 4. (Herausgegeben von Aug. Lua u. L. Erk.)

46. Ueber 175 Liederbogen in Quer-fol. (Ueberdruck) mit 4 stimmigen Volksliedern. Zum Gebrauch für meine beiden Gesangvereine. Aus den Jahren 1851 bis 66.

47. **Die Schöpfung.** Oratorium von Jos. Haydn. Vollständiger Clavierauszug mit Text. (Von L. Erk.) Berlin, bei Hirsch u. Comp. (Leo.) Quer-4.

48. Beiträge zur: **Sammlung der National-Lieder aller Völker,** mit Original-Text u. deutscher Uebersetzung. Für eine Singstimme u. Pianoforte. Berlin, bei Schlesinger. fol.

49.†. **Auswahl** ein- und mehrstimmiger Lieder für die Volksschulen der Provinz Brandenburg. Aus L. Erk und W. Greef's „Kindergärtchen" u. „Liederkranz" entnommen u. in drei Heften herausgegeben von L. Erk n. W. Greef. Essen, bei G. D. Bädeker. 12.

 I. H. 1852. — 10. Aufl. 1861 in erneuter Stereotypie. —
  14. Aufl. 1866. (48 Lieder.)
 II. H. 1852. — 11. Aufl. 1862 in erneuter Stereotypie. —
  17. Aufl. 1866. (42 Lieder.)
 III. H. 1852. — 2. Aufl. (1. Stereotypie). — 8. Aufl. 1862
  in erneuter Stereotypie. — 11. Aufl. 1866. (27 Lieder.)

In höherm Auftrage u. in Folge der Verfügung vom 20. Juni 1851 des Kgl. Schulcollegii der Prov. Brandenburg erschienen.

50. **Schul-Choralbuch** für die Provinz Brandenburg. In zwei Heften. Herausgegeben von L. Erk. Berlin, bei A. Enslin. 12. (Die 1. Aufl. Berlin, bei K. W. Krüger.) Vgl. No. 9 u. 84.

 H. I. 1852. (Ausg. A u. B.) Zweite, verbesserte u. vermehrte
  Aufl. 1853. — 9. Aufl. 1866.
 H. II. 1852. (Ausg. A u. B.) Zweite, verbesserte u. vermehrte
  Aufl. 1853. — 6. Aufl. 1865.

51.† **Auswahl kleiner, leichter Uebungsstücke** (von verschiedenen Componisten) für den ersten Unterricht im **Pianoforte-Spiel.** Mit genauer Angabe des Fingersatzes. In drei Heften herausgegeben von L. Erk und C. E. Pax. Leipzig, bei C. F. Peters. Fol.

 H. I. 1852. H. II. 1852. H. III. (in 2 Abth.) 1854.

52. Melodien zu den Räthselverschen und Liedern aus der Bilder- und Lese-Fibel von A. Böhme. Berlin, 1852. Bei L. Nitze. 8. (Mit Beiträgen von L. E.)

53. **Soldatenleben** in neuen Liedern. Mit Singweisen. (Von

Hoffmann von Fallersleben.) Berlin, 1852. Bei K. W. Krüger. 16. (Die Melodien redigirt v. L. Erk.)

54. **Grabgesänge** für mehrstimmigen Männerchor. Herausgegeben von L. Erk. I. Heft. Berlin, 1854. (1853.) Im Selbstverl. u. bei Dörffling u. Franke in Leipzig. Quer-8. 2. Abdruck: 1854. (H. II noch rückständig.)

55. Beitrag zur „Deutschen Zeitschrift für christliche Wissenschaft und christliches Leben." (Redig. von Dr. K. Schneider.) Berlin, 1853. No. 9.

56. Zwei **Weihnachtsliedlein** . . . Fünfstimmig für gemischten Chor gesetzt von L. Erk. Partitur und Stimmen. Berlin, 1853. Bei Schlesinger. 4.

57. **Der liebe Hahnemann.** Altdeutsches Lied für vierstimmigen Männerchor comp. . . von L. Erk. (In Part. u. Stimmen.) Berlin (1854.) Bei Schlesinger. 4. (Preiscomposition zur Stiftungsfeier der neuen Berliner Liedertafel, am 20. Nov. 1853.)

58.† **Des Knaben Wunderhorn.** Alte deutsche Lieder, gesammelt von L. A. von Arnim und Clemens Brentano. Vierter Band. Nach A. von Arnims handschriftlichem Nachlass herausgegeben von L. Erk. Berlin, 1854. 8. (Der sämmtlichen Werke Ludwig Achims von Arnim 21. Band.) Im von Arnimschen Verlag.

(Besorgt im Auftrage der Fr. Bettina v. Arnim, deren gütigem Wohlwollen und liebenswürdigen Aufmerksamkeit auch die Dedication zuzuschreiben.)

Der 4. Bd. enthält zugleich die alphabetischen Register der 3 vorhergehenden Bände des Wunderhorns.

59.† **Sangesblüthen.** Lieder für gemischten Chor. Herausgegeben von L. Erk. Berlin, im Selbstverlag und bei Dörffling u. Franke in Leipzig. Quer-8.

H. I. 1854. (Wird demnächst in 2. Aufl. in Einzelstimmen u. Part. bei Julius Klinkhardt in Leipzig erscheinen.)

H. II. 1856. — H. III. 1860. — H. IV. 1864. — Meist deutsche Volkslieder enthaltend.

60.† **Blätter und Blüthen.** Lieder alter und neuer Zeit. Für den Schulgebrauch und für gemischten Chor bearbeitet von L. Erk. (2 Hefte.) Berlin, im Selbstverlage und bei Dörffling u. Franke in Leipzig. Quer-8.

H. I. 1854. — H. II. 1856.

61. Festlied zum 12. Juni 1854 (der silbernen Hochzeitsfeier Ihro Maj. des Königs Wilhelm und der Königin Augusta)

Wolauf, wolauf, du Prenssenaar! Ged. von Dr. K. Schneider, gesungen vom Erk'schen Männergesangverein. Einzeldruck. Berlin. 4.

62. Rnle Britannia. (Hersch, Britannia!) Englisches Volkslied von Th. A. Arne. 1740. Uebersetzt von Theophil Bittkow. Für 4 Männerstimmen v. L. E. Berlin, Selbstverlag. 1854. 4. (Nnr in 56 Exempl. abgedruckt worden. Aus H. IV. der „Volksklänge.")

63. Kleeblätter. Mit einer Composition von L. Erk. Berlin. Verlag von Reinhold Kühn. 1855. 8. (Herausgeber Dr. K. Schneider.)

64.† **Deutsches Volksgesangbuch.** Herausgegeben von L. Erk. Berlin, bei O. Janke. (1855.) 16. — Die 2. Aufl. erscheint 1867.

65.† **Siona.** Choräle und andere religiöse Gesänge (für gemischten Chor) in alter nnd neuer Form, für höhere Schulen und Singvereine. Herausgegeben von Gebrüdern Friedrich u. Ludwig Erk u. W. Greef. (Zwei Hefte.) Essen, bei G. D. Bädeker. Quer-8.

H. I. 1855, 45 Gesänge. — H. II. 1857. 35 Gesänge.

Als Fortsetzung und Ergänzung des „Sängerhains." (No. 38.)

66. Zwei Lieder von Lndämilia Elisabeth, Gräfin von Schwarzbnrg-Rndolstadt. (1640—72.) Aus „der Stimme der Freundin," zum Drnck befördert von Wilhelm Thilo. Berlin, 1855. 8. Einzeldruck. (Das Lied: „Jesus, Jesus, nichts als Jesus" — für gemischten Chor gesetzt von L. E.)

67. Ade, zn tausend guter Nacht! Von Fr. Oser. — Meinem geliebten Bruder zur Beerdigung seines Töchterleins gesetzt von L. E. (16. Jnni 1856.) Einzeldrnck. Düsseldorf, bei H. Voss. 4.

68. Beitrag zu: K. F. Th. Schneider, Dr. Martin Luther's geistliche Lieder. 2. Aufl. Berlin, 1856.

69.† **Deutscher Liederhort.** Answahl der vorzüglichern deutschen Volkslieder aus der Vorzeit nnd der Gegenwart mit ihren eigenthümlichen Melodien. Herausgegeben von L. Erk. (Als B. I.) Berlin, bei A. Enslin. 1856. Gr.-8.

Ein 2. Bd., welcher die Volkslieder vom 13.—17. Jahrh. enthält, wird bald nachfolgen. Der vorliegende Band bringt nur Lieder, die noch jetzt im Mnnde des Volkes leben.

Das Werk 30jährigen Studinms und mühevoller Arbeit. Wurde auf frenndliche Befürwortung von Frau Bettina v. Arnim u. Alex. v. Humboldt von Sr. Maj. dem König Friedrich Wilhelm IV. huldvoll unterstützt.

Anerkennende Recensionen: Augsburger Allgem. Ztg. 1856. No. 138. — Vossische Ztg. Berlin 1855. No. 285 u. 287. — Spenersche Ztg. Berlin. 5. Dec. 1855. — Deutsches Museum von R. Prutz. 1855. No. 50. — Kölnische Ztg. 18. Febr. 1856. — Die Grenzboten. 1857. No. 12. — Blätter f. lit. Unterhaltung. 1858. No. 44. — L. Herrig's Archiv. Braunschweig 1856. Bd. 19. — Diesterweg's Rhein. Blätter. 1856. Bd. 53. — Schulblatt der Prov. Brandenburg. 1856. S. 239. — Volksblatt für Stadt und Land. 1855. No. 101. — Neue Berl. Musikzeitung 1855 No. 52. (Rec. von A. B. Marx.) — Schles. Ztg. 1856. No. 411. — Neue Zeitschrift für Musik. Leipzig 1856. No. 22. — Düsseldorfer Zeitung 22. Februar 1856. — Volkszeitung. Berlin 1856. No. 65. — Breslauer Zeitung 1856. No. 183. — Berliner Montagspost 1856. (von Dr. Kossack.) — Allgemeine Deutsche Lehrerzeitung von A. Berthelt. Leipzig 1854. S. 115. — Phönix von Dr. J. L. Klein. Berl. 1854. No. 21. — Euterpe. Eine Musikzeitschrift f. Deutschlands Volksschullehrer. Von E. Hentschel. 1855. Seite 134. — Darmstädter Allgem. Schulzeitung. 1856. — Nationalzeitung 1853. No. 443. — Düsseldorfer Journal. 3. Sept. 1853. — Neue Preuss Ztg. 1853. No. 210.

Eine überaus liebevolle Anerkennung, die mir zugleich eine Weihnachtsfreude bereiten sollte, ward mir in folg. Briefe zu Theil:

Hochgeehrter Herr Erk,

ich habe nun Ihr schönes Liederbuch fast vollständig genau durchgelesen und grosse Freude daran gehabt. Es ist die reichste und sorgsamste Sammlung unserer deutschen Lieder die es gibt, und ich kann und werde davon vielfältigen Gebrauch machen. Erlauben Sie dass ich Ihnen heute zur Gegengabe eins meiner Bücher*) sende, in dem Sie vielleicht zuweilen nachschlagen. Fröhliches Fest! Ihr Sie herzlich hochachtender

Berlin 24. Dec. 1855.   Jacob Grimm.

70. Beitrag zur Berl. Musikzeitung Echo. 1856. No. 11. (Brief von Jos. Haydn.)

71.† **Bibliothek ausgewählter classischer Compositionen für das Pianoforte.** Mit Fingersatz versehen u. sorgfältig revidirt von mehreren praktischen Tonkünstlern. (d. h. von L. Erk und C. E. Pax.) Berlin, Leo's Verlagshandlung. 46 Hefte. (Bis 1856.) Quer-4.

Darunter Werke von Mozart, Haydn, Beethoven, Cramer,

---

*) Deutsche Mythologie. 3. Ausg. 1854.

Dussek, Hummel, C. M. v. Weber, Field, Onzlow, Ries, Steibelt u. s. w.

72. **Die Dorfmusikanten.** Musikalischer Spass von W. A. Mozart. Op. 93. Comp. in Wien 14. Juni 1787. — Zur Feier des Mozart-Jubiläums am 27. Jannar 1856 in Partitur herausgegeben von L. Erk. Berlin (1856). Bei Schlesinger. 4.

73. Mehrere Liedercompositionen in der „Zeitung für Gesangvereine u. Liedertafeln". Herausgegeben von Joh. Fr. Kayser (u. J. P. Lyser). Hamburg 1857 u. 58. Bei J. F. Kayser.

74.†. **Frische Lieder u. Gesänge** für gemischten Chor. Zum Gebrauch auf Gymnasien und andern höhern Lehranstalten bearbeitet von Friedrich Erk u. Ludwig Erk. In drei Heften. Essen, bei G. D. Bädeker. Quer-8.

H. I. 1857. — 2. Stereotyp-Aufl. 1866. — H. II. 1859. — 2. Stereotyp-Aufl. 1866. — H. III. Erscheint 1867.

Als Fortsetzung u. Ergänzung des „Sängerhains". (No. 88.)

75.†. **Deutscher Liederschatz.** Zunächst für Seminarien u. die höheren Klassen der Gymnasien u. Realschulen. Neu bearbeitet u. herausgegeben von L. Erk. (In vier Heften.) Berlin, bei A. Enslin. Quer-8. (121 männerstimmige Gesänge.)

H. I. 1859. (1858.) 2. Aufl. 1861. — H. II. 1859. 2. Aufl. 1864. — H. III. 1860. — H. IV. 1865. (Alle 4 Hefte in Stereotypie.) — Als Fortsetzung u. Ergänzung der „Gesänge für Männerstimmen" unter No. 7.

76. **Volkslieder mit Weise u. Bild.** In Harmonie gesetzt von L. Erk. Illustrirt von Adalbert Müller. (6 Blätter.) Berlin, 1859 u. 60. Bei Gust. Schauer. (Jetzt C. Nöhring.) Fol.

77. **Schillerlieder.** Für gemischten Chor bearbeitet von L. Erk. Festgabe für Schule u. Haus. (Zum 10. Nov. 1859.) Berlin, 1859. Bei A. Enslin. 8.

78. Sechs Männerlieder für die **Schillerfeier** (10. Nov. 1859), mehrstimmig bearbeitet von L. Erk. Berlin, 1859. Bei A. Enslin. 4.

79. Beitrag zum: Schulblatt für die Prov. Brandenburg. Berlin, 1859. S. 719. (Ueber die Mel.: Ueb immer Treu u. Redlichkeit.)

80. **Weihnachtslieder** aus alter u. neuer Zeit. Neu herausgegeben u. bearbeitet von L. Erk. Nebst Luthers Brief an sein Söhnlein Hänsichen. Berlin, 1860. Bei A. Enslin. 8. — 2. Stereotyp-Ausg. (1861) mit verkürztem Titel.

81.†. **Chorgesänge** berühmter Meister der Vorzeit und Gegenwart, in dreistimmiger Bearbeitung für 2 Soprane u. 1 Alt. Für die oberen Klassen der Volksschulen u. für höhere Lehranstalten herausgegeben von L. Erk u. C. E. Pax. (In drei Heften.) Berlin, bei A. Enslin. Quer-8.

H. I. 1860. — H. II. 1860. — H. III. 1864.

(Als Ergänzung des Liederkranzes II, des Sängerhains I und des Liedergartens III.)

82. **Die vier Jahreszeiten.** Vier Kinder-Gesangfeste von Hoffmann von Fallersleben. Mit zweistimmigen Volks- u. anderen Weisen. Berlin, 1860. Bei A. Enslin. 8. (Die Melodien besorgt von L. Erk.) Neue, mit einem Anhang vermehrte Ausgabe. 1864.

83. **Krönungs-Lieder.** Für männerstimmigen und gemischten Chor bearbeitet u. herausgegeben von E. Ebeling u. L. Erk. Berlin, 1861. Bei A. Enslin. 8.

84. †. **Choralmelodienbuch** für Schulen und Kirchen evangelischen Bekenntnisses. In Gemeinschaft mit den Seminarlehrern E. Ebeling, R. Lange u. Frz. Petreins herausgegeben von L. Erk. Berl., 1861. Bei A. Enslin. 8. (Als Ersatz für No. 9 u. 31.) Vgl. No. 50.

85. †. **Religiöse Gesänge** für Männerstimmen von Bernhard Klein. Zunächst für Seminarien und die oberen Klassen der Gymnasien u. Realschulen, wie auch für Singvereine neu herausgegeben von L. Erk n. E. Ebeling. (Bis jetzt 9 Hefte.) Berlin, bei T. Trautwein (M. Bahn). Quer-8.

H. I. 1861. 3. Aufl. 1866. — H. II. 1862. 2. Aufl. 1864. — H. III. 1863. 2. Aufl. 1867. — H. IV. 1863. — H. V. 1864. — H. VI. 1865. — H. VII. 1865. — H. VIII. 1866. — H. IX. 1867. — Wird fortgesetzt.

86. †. **Vierstimmiges Choralbuch** für evangelische Kirchen. Mit besonderer Rücksicht auf die in der Prov. Brandenburg gangbaren Gesangbücher bearbeitet, nebst einem Anhange historischer Notizen. In Gemeinschaft mit den Seminarlehrern E. Ebeling und Frz. Petreins herausgegeben von L. Erk. Berlin, 1863. Bei A. Enslin. Gr.-8.

87. **Deutsche Volkslieder aus den Freiheitskriegen** 1813 u. 1814. Für gemischten Chor bearbeitet nud herausgegeben von L. Erk. Der deutschen Jugend als Festgabe zur Jubelfeier des 17. März (H. II: des 18. Octobers) gewidmet. Erstes (u. zweites) Heft. Berlin, 1863. Im Selbstverlage und bei Dörffling u. Franke in Leipzig. Quer-8.

88. **Die deutschen Freiheitskriege** in Liedern nud Gedichten. Mit ein-, zwei- und dreistimmigen Weisen. Von L. Erk. Berl. 1863. Bei A. Enslin. 8.

89. **Deutsches Volkslied.** (Auf! Deutschland, theures Vaterland!) von Eduard Geest. Musik von L. Erk. 1862. Berlin, bei W. Logier. — Einzeldruck in Fol.

90.† **Turnliederbuch** für die deutsche Jugend. Herausgegeben von L. Erk. Berlin, 1864. Bei A. Enslin. 12. (172 Lieder.)

Als Auszug daraus erschien:

Turn- und Wanderlieder für die deutsche Jugend. Unter Mitwirkung von L. Erk herausgegeben vom Berliner Turnlehrer-Verein. Berlin, 1864. Bei A. Enslin. 12. (Redigirt von L. E.)

91. **Hundert Lieder**, geistlich u. weltlich, ernsthaft u. fröhlich, in Melodien von **Marie Nathusius** und mit Clavierbegleitung. Herausgegeben von L. Erk u. Ph. von Nathusius. Halle, 1865. Bei R. Mühlmann. 4. (Die Clavierbegleitung von C. E. Pax.)

92.† **Choräle für Männerstimmen.** (In alter und neuer Melodieform.) Für höhere Schulen und Singvereine. In zwei Heften herausgegeben von L. Erk u. C. E. Pax. Erstes Heft. 52 Choräle. Essen, 1866. Bei G. D. Bädeker. Quer-8. (H. II noch rückständig.)

93. Musikalische Aufsätze, Recensionen u. s. w. in der Darmstädter Allgemeinen Schulzeitung (v. K. Zimmermann); in G. Schilling's musikalischen Jahrbüchern; in den letzten Bänden der „Caecilia" (Mainz, bei Schott — unter S. W. Dehn's Redaction); in A. Diesterweg's Rhein. Blättern für Erziehung und Unterricht; im Schulblatt der Prov. Brandenburg (v. Otto Schulz u. s. w.); in der Neuen Berliner musikalischen Zeitung von G. Bock. 1850); in der Leipziger Allgem. musikalischen Zeitung (unter G. W. Fink's Redaction); in der Berliner Musik-Zeitung Echo (Schlesingersche Buchhandlung.)

Demnächst ~~werden~~ folgende Werke erscheinen:

94. Auswahl von **Choralmelodien** der evang. Kirche, nach ihrer **Originalform** mitgetheilt, nebst kritischer Beleuchtung der daraus hervorgegangenen neueren Lesarten. (200—300 Nummern.)

95. **Deutsches Kinderbuch.** Enthaltend die aus dem Munde des deutschen Volks aufgezeichneten Kinderliedchen u. Kinderreime, mit ihren eigenthümlichen Melodien. (Aehnlich dem „Deutschen Kinderbuche" von K. Simrock.)

96. Sammlung von **Volkstänzen** aus dem 16., 17. u. 18. Jahrhundert.

☞ Von sämmtlichen hier aufgenommenen Werken erachte ich nur die, welche mit einem † vor den betreffenden Nummern versehen worden, für die werthvolleren.

Zum Schluss mögen sich hier noch einige biographische Notizen anreihen, die zugleich als Berichtigung falscher Angaben in G. Schilling's Universal-Lexikon der Tonkunst, wie auch in mehreren ähnlichen Werken und Zeitschriften gelten könen.

Ludwig Christian Erk ist geboren zu Wetzlar 6. Jan. 1807, wo sein Vater, Adam Wilhelm Erk*), als erster Lehrer an der Stadtschule und zngleich als Cantor u. Organist am Dome angestellt war. Nach vollendetem 13. Jahre (7. Juni 1820) verliess er das elterliche Haus, um in das Spiessische Erziehnngsinstitnt zu Offenbach a. M. einzntreten. Diesem Institute, insbesondere dessen würdigem Vorsteher, Joh. Balthasar Spiess,**) (dem bekannten Pädagogen und Anhänger von Pestalozzi und Salzmann) einem Jugend- und Schulfreunde von A. W. Erk, verdankt E. seine Schulbildnng wie auch seine Ansbildung znm Lehrer. Die letztere wurde später (seit 1826) weiter gefördert und ergänzt durch seinen unvergesslichen Vetter Dr. A. Diesterweg († 7. Juli 66), der ihn zuerst (i. J. 1826) als Lehrer an das Kgl. Seminar nach Meurs nnd später (i. J. 1835) in gleicher Eigenschaft nach Berlin zog. In der Musik waren es vornehmlich L. E's. Vater, sodann J. B. Spiess und L. Reinwald***) welche ihn darin wesentlich förderten. Die Orgel spielte er schon als 11jähriger Knabe, und im J. 1819 (Sept.), znr grossen Frende seines Grossvaters, Joh. Paul Erk († 1820), bei Gelegenheit einer Reise mit dem Vater, znm ersten Male auch in Herpf, dem Geburtsorte seines Vaters. Ausserdem aber verdankt E. Vieles und Wesent-

---

*) A. W. Erk, geb. zu Herpf im Herzogth. Sachsen-Meiningen am 10. März 1779. War seit 10. Aug. 1802 bis Ende Dec. 1811 in Wetzlar, sodann von 1811 an bis Ende 1812 in Worms als erster Lehrer an der Stadtschule und Cantor u. Organist an der luth. Kirche das., endlich seit 24. Juni 1813 als Lehrer, Organist u. Stadtschreiber in Dreieichenhain im Hessen-Darmst. angestellt. Er starb das. 31. Jan. 1820. Nach dem Urtheile seines Jugendfrenndes Chr. H. Rinck soll er ein „vortrefflicher“ Orgelspieler gewesen sein. (Vergl. auch No. 6. in vorstehendem Verzeichnis.) — Lndwig Erk's Mutter, Barbara E., geb. Goeth, geb. zu Wetzlar. 23. Nov. 1783, starb hochbetagt zu Messel unweit Darmstadt 17. Mai 1866. Ihr Vater, Joh. Siegmund Goeth, ehem. Bürgermeister zu Wetzlar, † das. am 1. Ostertag 1811.

**) J. B. Spiess. geb. zu Obermassfeld im Herzogth. Sachs.-Meiningen 8. Jannar 1782, † als Pfarrer und Dekan in Sprendllngen bei Darmstadt 6. Dea. 1841. Von 1811 bis 31 war er luth. Pfarrer n. Vorsteher obengenannten Erziehnngsinstituts in Offenbach.

***) Leonhard Reinwald, geboren zu Hildesheim 5. Juni 1783. † zu Offenbach 2. Jnli 1851. Geschätzter Lehrer im Violinspiel; auch Corrector in der Brede'schen Buchdrnckerei. Mit L. Spohr u. W. Speier intim befreundet.

liches in seiner Musikbildung dem persönlichen Umgange mit Anton André, fürstl. Isenburg. Hofrath und Grossh. Hess. Capellmeister in Offenbach († 6. Apr. 1842), dessen Singverein er viele Jahre hindurch angehörte; — mit dem Grossh. Hessischen Hoforganisten Ch. H.Rinck (†7. Aug. 1846); — mit dem berümten Brüderpaar Aloys und Jacob Schmitt, welche in den Jahren 1824 und 25 in Frankfurt u. Offenbach lebten und viel mit J. B. Spiess verkehrten; — mit Fr. Fémy (l'ainé), dem berühmten Violinvirtuosen, mit dem E. in Meurs im Jahre 1835 mehrmals in öffentlichen Concerten als Clavierspieler auftrat. Nicht minder fördernd für E's Musikbildung waren seine Bekanntschaften mit Dr. G. W. Fink in Leipzig († 1846), Prof. S. W. Dehn in Berlin († 12. Apr. 1858), Ludwig Helwig in Berlin († 24. Nov. 1838), Prof. Dr. A. B. Marx († 17. Mai 1866), Joh. Christ. Markwort in Darmstadt († 1866 als Grossh. Hess. Chordirector); und in Betreff seiner Studien auf dem Gebiete des deutschen Volks- und Kirchenliedes waren es namentlich Prof. Dr. Hoffmann von Fallersleben (seit 3. Nov. 1838) und Dr. Fr.Filitz (früher in Berlin, dann seit Juli 1847 in München lebend), deren langjährigem persönlichen Umgange E. einen reichen Schatz von Belehrung und Erfahrung zu verdanken hat.

In Meurs erlangte E. seine feste Anstellung als Lehrer am dort. Kgl. Seminar, nachdem er vorher (seit Ende Mai 1826) längere Zeit hindurch provisorisch gearbeitet hatte, am 2. Nov. 1829. Er wirkte daselbst bis Ende Sept. 1835, worauf alsdann im October desselben Jahres seine Anstellung in Berlin als Lehrer der Musik am Kgl. Seminar für Stadtschulen erfolgte. Es wird wohl gestattet sein, aus seiner amtlichen Entlassung (15. Sept. 1835) von Seiten des Kgl. Rhein. Provinz.-Schul-Collegii zu Coblenz folg. S c h l u s s ausszuheben: „Wir benutzen diese Gelegenheit, Ihnen unsere ausgezeichnete Zufriedenheit mit der Treue und dem Erfolge Ihres bisherigen amtlichen Wirkens zu bezeigen und unser Bedauern auszusprechen, dass das Seminar zu Meurs in Ihnen einen Lehrer verliert, der demselben so nützliche Dienste geleistet hat." Das Meurser Seminar stand damals unter der speciellen Oberaufsicht des Prov. Schulraths (nachmaligen Geh. Reg.-Raths im Minist. der Geistl. u. Unterrichtsangelegenheiten) Dr. Eilers († zu Saarbrücken 1863), von dem auch diese wohlwollenden Worte ausgingen.

Während seines Aufenthaltes am Rhein begründete E. in Gemeinschaft mit dem Lehrer W. Schlösser in Hilden die grossen bergischen Lehrer-Gesangfeste, von welchen das erste (9. Oct. 1834) in

Remscheid, die weiteren in Ruhrort, Duisburg und Remscheid (26. Oct. 35) stattfanden.

Seine Beförderung zur Stelle am Berliner Seminar verdankt E. der Fürsprache und Empfehlung der Herren Dr. Kortüm (Geh. Oberregierungsrathe zu Berlin. † 1859), Dr. Fr. Lange (Geh. Regierungsrathe. † zu Potsdam, 8. Oct. 54) und Dr. A. Diesterweg, die ihn alle aus seinem früherem Wirken in Meurs näher kennen gelernt hatten. — In Berlin wurde E. im J. 1836 die Leitung des Liturg. Chors in der Domkirche übertragen, die er jedoch später (Ende 1838), weil eben mit den damals vorhandenen Kräften und Mitteln (die Tenor- u. Basssänger mussten ohne alle und jede Entschädigung wirken und die Sopran- und Altsänger erhielten ein kaum nennenswerthes monatl. Honorar von nur wenigen Groschen) ein kunstgerechter Gesang nicht zu erzielen war, — an A. Neithardt abgab. Dazu kam noch, dass der lit. Chor im J. 1839 der Oberleitung des Majors Einbeck anheimgegeben wurde, der sich E., seiner amtlichen Stellung wegen, nicht wohl fügen konnte u. mochte. Was später — im Jahre 1840 u. s. w. vermittelst Darreichung grossartiger Geldmittel aus dem liturg. Chor (Domchor) geschaffen worden, gehört nicht hierher.

In den Jahren 1836—47 war E. Mitglied der (damals unter Prof. Rungenhagens Leitung stehenden) Singakademie. Jetzt ist er Vorsteher zweier grösserer Gesangvereine: 1) des „Erkschen Männergesangvereins" (anfänglich und seit [21?] Nov. 1843 ohne, und seit 6. Juni 45 mit Statuten begründet,) und 2) des „Erkschen Gesangvereins für gemischten Chor" (seit 3. Juli 52). Der Männergesangverein zählt gegenwärtig über 100 Mitglieder.

E. ist auch Mitdirigent des aus 4 Einzelvereinen hervorgegangenen „Neuen Berliner Sängerbundes." (Seit 26. Sept. 62.)

In den J. 1836—38 wirkte E. als Lehrer der Musik im Familienkreise Sr. Kgl. H. des Prinzen Karl von Preussen und ward ihm der Gesangunterricht bei dessen Sohn und Tochter, dem Prinzen Friedrich Carl und der Prinzessin Louise, wie auch bei der Prinzessin Marie, jetzt verwittweten Königin von Baiern, übertragen.

Viermal (1852, 6. Jan. — 1857, 6. Jan. — 1860, 26. und 27. Oct. — und 1867, 6. Jan.) und zwar bei Gelegenheit der Feier seines Geburtstages und seines 25jähr. Amtsjubiläums haben ihn die Berliner Lehrer und Mitglieder seiner beiden Gesangvereine, wie auch die hohen städtischen Schulbehörden, worunter die Herren Stadtschulräthe Dr. Fr. Aug. Schulze († 16, Dec. 63.) u. M. Fürbringer, der freundlichsten und wohlwollendsten Ehrenbezeugungen gewürdigt, die ihm ewig unvergesslich bleiben werden. Ein Gleiches ward ihm von Seiten seiner werthen Collegen im hies. Kgl. Seminar zu Theil. (25. Oct. 60.)

Ausserdem erfreute sich E. der Ehrenmitgliedschaft bei der „Neuen Berliner Liedertafel" (gegründet 20. Nov. 52), — der „Liedertafel zu Heppens" im Preuss. Jadegebiete (25. Nov. 63), — des „ältern Bessunger Gesangsvereins" (1. Juli 64). — Im J. 1839 ward er zum correspondirenden Mitgliede bei dem von Dr. G. Schilling (unter Louis Spohrs Vorsitz) begründeten „Deutschen Nationalverein für Musik und ihre Wissenschaft" erwählt. Auch ist E. (seit 7. Nov. 62) „ordentliches Mitglied des Gelehrtenausschusses beim Germanischen Museum zu Nürnberg."

Sein Patent als Kgl. Musikdirektor erhielt E. am 7. Febr. 1857. Er verdankt dasselbe der wohlwollenden Empfehlung der Herren Meyerbeer, Prof. Rungenhagen, Prof. Dehn, Geh. O.-R.-R. Dr. Joh. Schulze u. Geh. R. Prof. Frz. Kugler.

Nachrichten über L. Erk's Leben und Schriften bringen: 1) Dr. G. Schilling's Universal-Lexikon der Tonkunst. Stuttgart, 1835 bis 1842. (Supplementband S. 118. u. im Anhange v. Gassner S. 110). 2) dessen „Musikalisches Europa. Speier, 1842." S. 86. (In Beiden Werken Vieles, was nur aus der Phantasie gegriffen worden.) 3) (Dr. W. Koner's) Gelehrtes Berlin im Jahre 1845. Berlin, 1846. S. 82. — 4) Die „Revue et gazette musicale de Paris. 1849. No. 41. (Von F. J. Fétis.) — 5) F. J. Fétis, Biographie universelle des Musiciens. Deuxième édition. Paris, 1860. T. I, p. 196. T. III (1862), p. 150. — 6) C. v. Ledebur, Tonkünstler-Lexicon Berlins. Berlin. 1861. S. 184, 684. — 7) J. W. Hackländer, Ueber Land und Meer. Stuttgart, 1864. No. 32. — 8) J. B. Heindl, Galerie berühmter Pädagogen etc. München, 1859. I, 126. — 9) Das Brockhausische Conversations-Lexikon. 11. Aufl. 1865 u. 1866. (Art. Erk.)

Berlin 6. Jan. 1867.   L. E.

Zur Erleichterung des Auffindens der wichtigeren Werke.